오랑캐꽃

성화 스님 시집

연보라빛 오랑캐꽃
한겨울 굽힘없이
인내와 용기로
모진 눈보라 이겨
봄,
아름다운 연보라빛
오랑캐꽃 피우네

오랑캐꽃

운주사

시인의 말

어릴 때 어떤 인연인지, 검사가 꿈이 되어 열심히 학업에 정진했다. 그러던 중 격동의 1980년을 맞이하여 학교에서 발생한 시위사태의 배후 주모자로 몰려 육군 중령과 검사, 그리고 몇 사람이 참석한 재판에서 어떤 판결을 받았는지 알 수 없으나, 강원도 골짜기 공수부대에 끌려가서 많이 얻어맞고 형용할 수 없는 공포와 두려움, 그리고 고통의 시간을 보내고 와서 억울함과 분노로 학업을 포기했다.

그리고 좌절 속에서 고3 때 합격한 공무원 생활을 시작했다.

검사의 꿈과 미래의 희망을 송두리째 빼앗기고 어쩔 수 없이 시작한 공무원 생활. 최선을 다했지만 꿈을 포기한 내가는 참으로 아팠다. 그로 인해 많은 시간 방황도 했고, 번민도 하다가 어느 날 '유안진' 님의 시詩를 읽고 나도 마음과 삶을 글로 표현하기 시작했다.

글을 통해 가슴에 맺힌 응어리도 덜어내고 사랑도, 이별도 표현하니 시 아닌 시가 되어 버렸다.

꺾인 젊은 날의 삶과 청춘의 방황 속에 습작처럼 종

이 위에 그렸던 마음. 어느새 내 과거의 일부가 되었고, 숱한 고민 속에 새로운 인생을 출발하는 출가出家를 결정하고선 그동안 가졌던 모든 것을 버릴 때 차마 버리지 못하고 집 어딘가에 던져 놓았던 글과 수행 생활 속에 느꼈던 마음, 보이는 것 이면에 있는 의미 등을 기록했던 글을 모아 시집 "오랑캐꽃"을 세상에 내놓았고, 그 후 틈틈이 쓴 글을 더해 개정판을 내어본다.

시인이 보면, 시를 좋아하시는 이가 보면 이것도 시詩냐 웃겠지만 그래도 소중했던 마음이고, 진실한 표현이니 누군가에게 전해주고 싶다.

끝으로 졸작임에도 좋은 책으로 엮어주신 출판사 관계자분들과 원고 정리에 도움을 주신 김유연 님에게도 감사드립니다.

시인의 말   5

제1부 습작의 시작

이름 없는 잎새   15

내가 사는 집   17

아쉬움   19

나의 꿈 나의 사랑   21

사랑   22

꽃샘추위   23

전선의 밤   24

소녀야   25

하얀 꽃   27

아쉬움   28

농촌의 아들   29

나는 행복幸福한 사람   30

아침   31

친구여 힘을 내소서   32

가을하늘의 봄바람   34

까치   35

희망   36

탄생 37

하루 38

목련 39

나의 맘 40

비 41

풍년 42

사계절 43

어린 시절 44

감사하는 마음 47

고추잠자리 48

꿈 49

까치 50

코스모스 51

광승천 52

퀴즈 53

춘곤증 55

제2부 청춘·방황

못 다한 사랑 59

부활 61

향수 63

물망초 64

오랑캐꽃 66

방房 67

눈물 69

작은 사랑과 큰 이별 70

추억 71

가까이 하기엔 72

추상 73

못 잊어 74

덕유사랑 75

어느 날 그대와의 대화 76

바람이 불면 77

회상 78

안개 80

이별 82

침묵 아닌 침묵 83

개나리 84

먼 훗날 85

기다림 86

아픔 88

내 사람아 89

못다 배운 사랑   91

옛사랑 Ⅰ   93

옛사랑 Ⅱ   94

남도 들녘   96

소원   97

이별   98

제3부 출가 그리고 구도

기원   101

산행   103

봄비   105

心   107

방황   108

어머님   109

환상   110

미소   111

무언   112

미로   114

행복   115

無常   116

떠나버린 젊음 118

하루살이 119

삶 121

入門 122

念願 123

요술쟁이 부처님 124

우리는 125

三千浦 126

대웅전 127

봄春 128

이제는 130

그리움 132

달 133

제4부 마음소리

멋대로 137

다년생 138

할말없다 139

무지無知 140

연등 141

我(나)   142

백합   143

친구   144

이정표   145

시작   146

감4   147

손님   148

튤립   149

삭발   150

딴 생각   151

해太陽   152

윤회   154

해설_ 성화당의 사사무애事事無礙   157

제1부
습작의 시작

이름 없는 잎새

가을이 남기고 떠난 흔적에
텅 빈 마음 채우려고
흐느껴 우는 두 줄기 細雨에
나의 가슴 적시웁니다.

노랗게 물든 은행 잎새는
나의 발길 잠재우고
이는 바람 나의 마음 흔들어 놉니다.

널 향한 나의 사랑은
한 순간에 공허한 꿈이 되어
다시 되돌아 올 수 없는 먼 길을
가을을 남기고 떠난 낙엽처럼
정처 없이 방황하고 있습니다.

부는 바람에 채이고
쌍쌍이 다정스레 걷는

뭇 여인들의
발길에 짓밟힌 아픔은
지울 수 없는 커다란 상처 되어
늘 당신 곁에 머물고 있습니다.

쓸고 나면 떨어지고
다 떨어지면
다음해에 다시 떨어지는
낙엽처럼
당신을 향한 나의 사랑
매년 새롭게 떨어지는 이름 없는
잎새가 되렵니다.

내가 사는 집

황혼 너머로 어둠이 뚝뚝 떨어지면
알알이 맺힌 기쁨을 안고 전철을 탄다
만원인 그곳엔
몸과 마음 헤집고 새 소식 나르는 신문 파는 청년도
있고
말세末世라 외치며 예수 믿고 구원받으라는 전도사가
있고
엄마젖 물고 있는 아기에 졸고 있는 노인까지
저마다의 모습으로 가득 찼다.

달리는 전동차 한강 건너 노량진 골목어귀에 이르면
멀리 보이는 산등성 후미진 곳에
기다리는 이 없어도 내가 사는 포근한 집이 보인다
그도
나이가 먹은지라 탈색됐고 허름해보여도
봄엔 여인 입술 같은 라일락 피고
여름엔 입맛 돋우는 상추가 자라며
가을엔 수줍은 처녀애 같은 감이 익는다.

유유자적 세상 보는 걸음으로 지나면
펄펄 살아 물고동치는 생선집이 보이고
예쁘게 꾸며놓은 가구점도 보이고
많은 사람 오가는 삼거리 시장도 보인다.

사는 게 뭔지
어젠 빵을 샀고
오늘은 라면 사들고 집으로 향하니
짙게 깔린 어둠에 총총히 빛나는 달과 별이
웃음 지으며 마중 나온다.

아쉬움

화사했던 자태도
쌀쌀했던 미소도
이제는 잊어야 한다.

순백의 순결함이 가득 찼던 네 몸에
지쳐버린 그리움으로
떨어져버린 혼을
한 잎 한 잎 주우며

고왔던 그날의 추억
사무치는 안타까움으로
부둥켜안아야 했다.

네 이름은 목련
내 사랑은 슬픈 미소
꽃이 피면 지고
만나면 헤어지는 것

너와 나 우리들의 역사인데
뉘인들 아니라 할 수 있을까

다시 필 기다림으로
뒤돌아 올 그리움으로
이제는 잊어야 한다.

나의 꿈 나의 사랑

당신을 찾기 위해
여기까지 왔습니다
나의 꿈 나의 사랑

성숙한 가을
풋풋한 젊은 날 사랑 심어주고
낙엽 따라 사라져버린 흔적에
텅 빈 가슴 채웁니다

언제부터인지 한 떨기 들국화 되어
나부끼는 너의 모습
그것은 정녕 내 사랑입니다

촉촉이 젖어드는 가을 밤
새로운 생명수 부어
한 잔에 가슴 깊이 들이키면
온몸에 퍼져오는 그대 향한 나의 사랑

그것은 나의 꿈 나의 사랑입니다

사랑

나의 여인아
아 사랑하는 사람아
네 이름 무엇이더냐
맑고 싱그러움 넘치는
그 웃음에
서려 있는 사랑은 누구 것이더냐
눈앞에 설 듯
손에 잡힐 듯
네 마음은 내 것 아니더냐
못 이룬 사랑에
못 다 핀 애정에
그리운 당신의 마음은
나의 사랑 아니더냐
목련은 피고 져도 순수함은 영원하듯
그댈 향한 내 사랑
내 생명 다시 필 때까지
영원하리라

꽃샘추위

아지랑이 따라
땅 끝까지 찾아온 봄
사월에 내리는 눈에 놀라
뒷걸음쳐 버리네

거리의 처녀들
성급하게 입은 봄옷에
온몸 떨려
음악 흐르는 카페에서
마음 녹이네

언제쯤
꽃샘추위 물러나고
진짜 봄 올까나

전선의 밤

밤이 되면 별이 빛나고
별들이 반짝이면 내 마음 고향에 있소
고향의 밤은 곱기만 하고
휑그러니 뜬 달님은 향수를 못 이기게 하네
서울의 네온사인 같은 저 별들은 가슴을 들뜨게만 하네
한없는 외로움과 고독에 쌓인 나
외쳐 부른다
낙엽이여 빨리
외로운 밤이면 한없이 긴 편지를 쓰고 싶어진다
아무에게도 알려주지 못할 나의 고독을…….

소녀야

소녀야, 소녀야
예쁜 소녀야
너는 어디에서 와서
어디로 갔느냐
젊은 날 빈 가슴에
취하도록 술 먹여놓고
점점 붉어지는 눈가에
정열을 심어줬던 소녀야
너는 어디에 있느냐
대답일랑 말고
바라만 보고 있어다오

소녀야, 소녀야
예쁜 소녀야
왜 내 곁을 떠나지 않느냐
왜 잊히지 않느냐
잊고 싶다
지워버리고 싶다

소녀야, 소녀야
예쁜 소녀야
메아리에서 나와
내 곁에 있어다오
다시 널 볼 수 있도록

하얀 꽃

하얀 꽃이 피기 시작했습니다
이름은 알 수 없습니다
다만 하얀 꽃이라 부르고 싶습니다
싱그러운 대지 위에
빨·주·노… 오색영롱한
화려함은 없지만
저기 핀 이름 없는 하얀 꽃이 좋았습니다
말없이
여인처럼 소박하게 피었지만
그 순수함에 눈멀었습니다
장미의 정열
아카시아 향기는 없지만
잔바람에 흔들리는 모습이
좋았습니다
한 줌 손에 넣어
두어 평 남짓 외로움 흐르는 침실에 놓고
혼자 보고 싶지만
아름다운 생명 작아질까봐
먼발치에서 보고 있습니다

아쉬움

숨 막히는 기다림에 지친
슬픈 내 사랑
이름 없는 잡초 되었다.
잊힌 현실 속에
꿈의 아득함 싣고 몇 발자국 옮겨보지만
나그네 눈길마저 주지 않는 외로움 속에
멍들어 버린 가슴만 죄어온다.
다시 장미의 화려함도
목련의 순박한 꿈도 꾸지 않으며
고통스러우면 고통스러운 채로
가슴 아프면 아픈 채로 살라 한다.
이름 없는 잡초여
너의 말없는 침묵에
그리움 묻고
사무치는 안타까운 사랑을
아침 이슬에 지워버린다.

농촌의 아들

시월의 달빛 아래
코스모스 활짝 핀 그 길을 걸었다
솔솔 이는 바람에
알알이 영근 벼 이삭은 춤을 추고
풍년을 맞는 가슴은
가을의 풍요로움 그대로이다
먹지 않아도 배고프지 않고
열심히 땀 흘려도 힘들지 않는
행복
농촌의 아들임이 자랑스러워라
지게 지고 썩은 거름 만질 때마다
복받치는 서울의 동경을
흙냄새에 묻고
묵묵히 지낸 뜨거운 여름
풍년을 기약하는 기쁨 속에
나는 농촌의 아들임을 외치노라

나는 행복幸福한 사람

아침에 일어나
매일 또 같은 시간에
늘 같은 버스를 타기 위해 허둥댄다
상쾌한 아침이슬 마시며
움직이는 바쁜 걸음걸이
사무실에 들어와
기다리는 한 잔의 모닝 차
난 정말 행복한 사람이야

아침

떨리는 시계소리에
기나긴 밤이 연하여
새로운 아침을 찾는다
꿈의 행복 속에 현실의 아픔 잊고
두 손 모아 기도하면
어느새 연약한 한 인간이 되어
나의 행복 간구한다
밀려오는 너의 침묵이
날 깨우고
외쳐대는 나의 꿈은
그냥 무언으로 흐른다
듣기 못한 떨리는 시계소리에
잠 못 이루며
어제와 내일을 생각하니
곱게 와 닿는 건 엷은 눈까풀뿐
이 밤이 새고 나면 아침이 밝아오는데
난 무엇을 기다릴까

친구여 힘을 내소서

뜬눈으로 지새운 밤
아픔으로 지새운 밤
형용할 수 없는 충격에 벙어리가 되었소
다정한 친구였기에
할 말을 잊었나 보오
모두 떠난다 해도 너만은 지킬 줄 알았던 친구였는데
병이 되어 남을 줄이야
작은 가슴에 찾아온 충격
억제치 못하고 말았소
눈물 보이지 않으려고 무한정 걷고 있지만
보이지 않는 지평선에 발 묶이고는
갈 곳을 잃어
마음을 잃어
방황하는 난 그만 눈물보이고 말았소
한 줄기 폭풍우가 몰아치고 난 흔적
꺾어버린 가슴에 희망이 맞대고는
한없이 어루만지고 있소
꺼져가는 불꽃에 부는 바람은

절망을 뜻하지만
난 새로운 희망이 되길 원하고 있소
친구여 부디 힘을 내소서
친구여 힘을…….

*친한 친구가 불치병으로 투병생활하고 있을 때

가을하늘의 봄바람

오늘은 정월 초파일
울적한 마음 달래려고
자유공원*엘 올랐다.
지금 시간 7시 30분
주위에 어둠은 짙게 깔리었지만
밤하늘에서 느끼는 감상
불어오는 바람은 봄바람이오
보이는 하늘은 가을하늘이라
겨울에
봄바람과 가을하늘을 느끼는 사람은
나뿐인가 하노라

*자유공원: 인천에 있는 공원이름

까치

까치야, 까치야
너는 길조라지
까치야, 까치야
넌 님 소식 전한다지
까치야, 까치야
우리 님 어디에 있느냐
내 사랑 전해주렴

희망

아직 사월인데
못 다한 삶에 미련을 두고
푸른 잎 찬바람에
낙엽되어 진다
떨어지지 않으려고
몸서리치는 네 모습에
기나긴 번민에 지쳤던
죽은 듯한 내 마음
새로운 파랑이 일고
새로운 희망에 부푼 난
새순 되어 다시 핀다

탄생

엄마 아빠 사랑으로

잉태 돼

열 달 삼백 날 엄마 뱃속에서 지내다가

세상 보고 싶어

울며불며 나와

처음엔 기었다가

아장아장 뒤뚱거리며 걷다가

그리고 뛰었다가

어여쁜 십대 옹기종기 솟은 여드름에

가슴 조이며 꿈과 낭만 키웠고

어엿한 숙녀 되어버린 지금

내 태어난 의미 되새기면

날 낳아주신

부모님 사랑과

날 지켜주는 모든 사람이

더욱 고마워라

하루

괴로운 마음
서글픈 생각
하루는 지났지만
아쉬움 남아
돌이켜 그리워할 때
이미 때는 늦었네
하루는 영원히 내 곁을 떠나
달 속으로 여운도 없이
들어가 버렸네

목련

그립고 보고픈 한 송이 목련
머언 날 기다리는 마음
내 맘에 향기 불어 넣어주네

희고 하얀 목련
민족의 정기
내 맘에 한 송이 꽃이 되었네

아름다운 자태 자랑하는 목련
바람에 장단 맞춰 춤을 추네
꽃 꽃 목련꽃 나의 꽃이여

나의 맘

떨어진 낙엽처럼 흐트러진 나의 맘
가랑비에 위로하며 미지의 곳으로 걷는다
오늘은 외롭고 슬프더라도 내일은 밝고 기쁘게

텅 빈 나의 맘 불안, 공포, 비애로 가득 찼네
이 아픔 잊으려고 가랑비 속을 걷는다
오늘은 괴롭고 아프더라도 내일은 희망차고 즐겁게

무거운 짐에 짓눌린 나의 맘
이 짐 씻어버리려고 가랑비를 맞는다
오늘은 무겁고 힘들더라도 내일은 행복하게

비

창 밖에 비가 내린다
그리운 비가 내린다
한밤에 주룩주룩 비가 내린다
비는 좋고도 나쁜 것
비야 영원히 좋게 하자꾸나

풍년

들판에 황금물결 출렁이며
풍년가를 노래하네
농부의 두 볼은 미소 머금고
손은 낫을 갈고 있네
농부의 땀과 정성이 황금들녘에 출렁이며
풍년을 노래하네

사계절

긴 잠에서 깨어나 기지개 펴며 하품하는 다람쥐
향기로움 가득한 영내에서
떨어지는 아카시아 꽃잎 쓸다보면 봄은 가고

무더위에 시달려 시원한 그늘 찾고
지루한 장마에 미사토 깔고
푸념 섞인 한숨에 땀 흘리다 보면
여름은 손 흔들고

고남산* 붉게 물들어
저녁놀에 불타는 하늘 바라보고 감탄사 연발하다 보면
떨어진 낙엽 밟으면서 고개 숙여 가을 보내고

-25℃ 웃도는 추위에 발을 동동 구르고
19번 도로 눈 치우다 지나가는 아가씨 엷은 미소에
우리 님 생각하다 보면 겨울은 지나간다.

*고남산: 경기도 포천에 있는 산

어린 시절

I
검정 고무신 신고
싸리나무 하나 들고
구부러진 철사에
개구리 잡으러 앞산에 올랐지
한 꾸러미 잡아
뒷다리 찢어
잔솔가지 위에 올려놓고
불붙이면
하얗게 익는 냄새는
군침을 돌게 했지
굵은 소금 쳐서
한입에 넣으면
파리 떼 고기 맛본 양
정신없이 먹었지

Ⅱ

소꿉장난 하던 철이와
내 키보다 훨씬 큰 대나무 들고
뒷산어귀에 밤 따러 갔었지
잘 벌어진 알밤 머리 때리고
이따금씩 떨어지는 밤송이에
온몸 찔려 피맺힌 자국
찔끔찔끔 눈물 흘리며
주머니마다 알밤 넣어
눈물 콧물 섞어 먹던 그 맛
짭짤함과 달콤한 어린 시절 추억이었지

Ⅲ

막 코 뚫은 송아지 끌고
연한 풀 돋아 있는
개울가에서 버들피리 불며
소 풀 뜯기다
햇살에 못 이겨 풀밭에 쓰러져

꿈속의 선녀님 보면
집에 가자고 혓바닥으로 깨우는
내 친구 송아지 보챔으로
개선장군 되어 돌아온다
저녁놀 질 때면
호야 닦아 등잔불 피우고
아물거리는 불빛 아래
청운 꿈 불태우다
잠들어 버리면
포근한 어머님 손길에 사랑을 느끼며
행복했었지

감사하는 마음

연록이 초록으로 변화되는
싱그러운 실록의 계절
오월 십오일이면
그대의 기념일이랍니다.
귀염둥이 철수 녀석이
당신의 작은 가슴에 꽃을 달아드리는
정성으로
축하합니다.
보다 많은 정성으로
더 많은 사랑으로
내일의 희망 가꾸소서
그신의 은혜에 삼사드립니다.

*스승의 날 어린이집 선생님에게

고추잠자리

시소 미끄럼틀 사이로
아장아장 걷는 초롱초롱 맑은 얼굴
고사리 손으로
바람에 흔들거리는 코스모스 위의 고추잠자리
잡으러 쫓지만
모자이크 눈엔 반짝반짝 웃음만 보인다
앉았다 떴다
제 성에 못 이겨 땅바닥 치며 우는 아이 앞으로
파르르 다가서는 고추잠자리

꿈

어제는 부자
오늘은 행복
내일은 Well-dying

까치

들리지 않는 소리로
한바탕 떠들어댄다
은희는 좋은 소식이라 하고
은철이는 나쁜 소식이라 한다
내가 까치면
그 소리 알 텐데

코스모스

시골길 양 옆
한들한들 코스모스
크락션 울릴 적에
뽀얀 먼지
가슴에 안고
방긋방긋 웃어주네

광승천

그 옛날
어릴 적 속살 비추는 나시처럼
맑은 물 졸졸 흐르고
가재도 개구리도 붕어도 있고
철 이른 여름
서리한 참외 먹으며
순이 영이와 함께 멱감고 놀았는데
언제부터인가
하나둘씩 공장 들어서고
삭막한 콘크리트 닭장집이
여기저기 모여들더니
맑은 물이 허옇게 빨갛게 되더니
끝내는 검게 되고…
옛 생각에 거닐고 싶은 광승천*
악취가 발길 되돌린다

*광승천: 경기도 평택에 있는 하천

퀴즈

예선 첫 문제 풀고
두 번째 문제 푸는데 틀렸다
처음부터 첫째 둘째 문제 풀고
세 번째 또 틀렸다
이렇게 하길 두어 번 더
썩 좋은 기분 아니지만 당당하게 예선 다섯 문제
통과하고
이번엔 결선 도전했다
첫 문제 프랑스 화가 뭐라나
알 수 없어 1번 코드 눌렀는데 잘 맞췄다 한다
두 번째는 아는 것이라 어렵지 않게 통과했고
세 번째 역시 쉽게 통과했는네
네 번째 문제 딴 생각하다 틀려버렸다
어찌나 섭섭한지
결선 첫 번째부터 다시 시작하길 열 번째
하다 틀리고 때론 통화중 걸려 얼마나 짜증나는지
마지막 다짐으로 도전했는데
요리조리 다섯고개 무사히 통과하고 팡파르

울린다
자동응답기의 낯익은 목소리
며칠 있으면 경품추첨 있다 한다
당첨 보장 없지만
그래도 기다려지는 건
나의 철없는 공짜 습성인가 싶다

춘곤증

간밤 깊은 상념에
눈꺼풀 천근이고
몸은 나른하다
여기에
하품까지
봄은 봄

제2부
청춘·방황

못 다한 사랑

흐러가는 옛 기억
빨갛게 물들어 몸속에 스미면
돌이킬 수 없는 아쉬움에
저려오는 가슴
어이할 수 없구나

철없이 좋아한 그대 미소
달콤한 향수처럼 느껴지는 네 목소리
그것은
진정 사랑이었구나
휘몰아치는 비바람 폭풍우도
뉘 왕잔란한 서울의 불빛도
청순한 그대 모습 지우지 못하니
정말 아름답고 고귀한 사랑이었구나

한 번만 더
한 번만 더 그대 사랑할 수 있다면

영생불멸 사랑할 텐데
그대가 아쉽구나
사랑이 아쉽구나

희미해지는 기억
옛사랑으로 남아 가슴에 스미면
못 다한 사랑에
저려오는 가슴 어이할 수 없구나

부활

아기 눈물 찾을 것 같은
검은 구름
성난 몸짓으로 하늘 찾고
방향 없는 나그네 발길 재촉한다.

철 이른 어젠
꿈도 젊음도 있었고 사랑도 있었는데
이젠
몸도 마음도 병들어
세상을 잃는구나
긴 상념에
못 다한 한 생(一生)의 섦음

성난 검은 구름 하늘 때려
눈물 쏟으니
튀고, 뿌리고 쓸며 모두가 아우성

비 온 뒤 한줄기 빛 따라

영롱한 오색무지개 서녘에 비추니

황혼의 서기인가

재생의 축복인가

방향 없는 나그네

가던 길 멈춘다

향수

창밖에
뿌연 안개 그리움 잉태해
보고 싶은 얼굴 밀물처럼 떠오른다

잊혀졌던 기억 사이로
옛사랑도 찾아오고
고뇌하던 젊음도 찾아봐
옛 생각에 잠든다

방황하는 젊음이 있어
애틋한 사랑이 있어
고독이 빛나는 밤

진한 담배연기 속으로
속세에 찌든 향수 담아
지난날 내 젊음 뒤로 고이 보낸다

물망초

붉은 저녁놀 어둠이 삼키고
고독의 그림자 밀려온다
일렁이며 물결 위로 살포시 내리는
아쉬움
못 다한 미련 아니겠는가
아름답다하여 다 볼 수 없고
지울 수 없다하여 다 기억할 수 없는
시련에
커 가는 죄의 씨를 매만져본다
미움과 증오의 갈등 심어놓고
의미없는 엷은 미소 뿌리는
눈가엔
나 아닌 내가 되어 남고
덜 익은 푸성귀처럼
철없는 놀음에 가엾음이 앞을 가린다
화사한 여인으로 만개한 장미 속을 거닐며
무지개 핀 미래 그려보지만
장밋빛보다 잿빛이 크게 보여라

졸졸 흐르는 똘창골 물은
흘러 흘러 바다에 누워
꿈같이 사라져 이름 없는 곳 향해 떠나지만
마음에 남아 있는 사랑
물망초 되누나

오랑캐꽃

연보랏빛 오랑캐꽃
한겨울 굽힘없이
인내와 용기로
모진 눈보라 이겨
봄,
아름다운 연보랏빛
오랑캐꽃 피우네

방房

어두운 그림자
드리운
한 평 남짓 고독의 방
한 쪽 부서진 책상
빛바랜 책
먼지 낀 시화만 조용히 숨 쉰다

어제 그녀 사랑할 땐
터질 듯
밤마다 가슴만 타고

그녀 위한 밤의 묵세
움직이는 펜을 따라
백지 위에 펼쳤는데

지금은 간 곳 없다
아름답다 하기엔 애달프고
잊었다 하기엔 아쉽다

음산함이 넘치는 싸늘한 은신처
푸른 하늘 힘차게 날던
갈매기 꿈도
부딪치는 파도처럼 산산이 부서져
모래 위에 떨어지고
가슴 때리는 사랑의 물결
차가운 당신 손짓에
뼛속을 스미는 고독으로 흐른다

눈물

이제라도 잊으라 하시면
잊겠습니다
보고 싶어도 아니 보고싶다
말하겠습니다
불현듯 당신이 그리워도
잊겠다 말하며
눈물 보이겠습니다

작은 사랑과 큰 이별

끊겨진 숨소리
잠들어버린 밤을 의식했다
통탕거리던 소음도
광활한 폭염도
잠들어버린 채
고요 속에 고개 숙이며 기도한다
잊으려 해도
추억이
되살아난 영상에 고개 젓는다
사랑은 아니었다
사랑도 아니었다
눈물이었다
깊어가는 밤을 다시 의식했다
눈감은 모습에 잠 못 이루는 너
우린 사랑이 아니었다
다만 눈물이었다

추억

가슴에 스며든
소리없는 아우성
나는 연필로 그들을 그렸다
어느 때는 숨 막히고
어느 때는 애타고
때론 불타는 정열
한낮 소나기처럼
스쳐 지나가는 바람
송화가루 휘날리듯
감싸고 사라졌다
옷깃에 남는
너의 체취는
마음에 남아 있는 사랑처럼
영원히 남는다

가까이 하기엔

한 잔 술을 마시고 싶다
그의 이름을 불러보고 싶다
아름다운 이름
Y.S.
언젠가는
추억에 남을 女人이지만
멀리하기엔
마음이 너무나, 너무나

추상

성숙한 가을이
풋풋한 사랑을 남기고
떨어지는 낙엽처럼
내 곁을 떠나갔습니다
여름날 따가운 태양같이
강하고 정열적인 사랑은
하나의 꿈이 되고
부는 바람처럼
내 곁을 떠나갔습니다
뒹구는 낙엽을 붙잡고
이는 바람 잡으려 하지만
그것은 의미 없는 상처일 뿐
깊은 가을 헤어진 육신에
상처는 깊어 가고
외로움에 지쳐 우는 귀뚜라미 몸부림은
가을이 남기고 간 아픔을 노래하듯 합니다
가을은 아픔뿐인가요

못 잊어

당신을 잊는다고
말만하면 되는 거요
당신을 만나지 않으면
잊히는 거요
그게 아닙니다
잊겠단 말도
당신을 다시 만나지 않겠다는 것도
못 잊겠단 말 아니요
당신을 잊겠단 말은
더욱 사랑한단 말 아니요
죽어도 못 잊겠단 말을
그렇게 하는 것 아니요
못 잊어…하는 말을

덕유사랑

눈 덮인 정상에서
바라보는 덕유산
한 폭의 동양화다
뛰는 심장의 고동
함성으로 외치며
야호!
힘차게 불러본다
메아리쳐 돌아오는 너의 음성
산사나이 가슴에 순정을 심어준다
보고파라 님의 모습
그리워라 나의 사랑

어느 날 그대와의 대화

추억이 꿈의 낙엽으로 지는 날
그리운 사람과 대화를 나누자
덧없이 바람에 날리어 가는
숱한 밀어들
조용히 그대에게 사랑한다는
대화를

바람이 불면

바람이 불면
바람이 불면
내 마음 흔들리오
지금껏 잘 간직해 왔는데
봄바람에 흔들리는 이 마음 웬일이오
순결처럼 지켰던 그대 사랑하는 맘
폭풍 같은 바람에 씻겨 버리려 하오
보내긴 싫은데
바람보다 마음이 약하니 어떻게 하오
차라리 바람이 없었으면 하오
바람이 불면
잡지 못하는 맘 어떻게 하오
바람이 불면
바람이 불면
보내기 싫은데…….

회상

짙게 찌푸린

이런 날이면

한 잔 커피를 가슴 깊이 들이켜고

사방이 막힌

둘만의 공간에서

떨어지는

눈(雪)을 주우며

흰옷 입은 소녀의

은은한 향기에

고개 들어

너의 얼굴 마주본다

소박하게 고운

너의 얼굴에

나의 얼굴 묻고

사무친 그리움에

창 넘어 어렴풋 보이는

기억에

우리 걷던

그 옛날
아름다운 그 길을 다시 본다

안개

뿌연 안개가

저 산을 잉태했다

한 폭의

동양화처럼

소박한

아름다움이다

희미한 시계視界에

막연히 피어오른

아련한 너의 모습

슬픔에 잠긴 채

밝아오는 태양

도망치듯 사라지는 너

보고 싶어

그리워

다시 찾지만

안녕이란

말도 없이 가버린

너의 자취 희미하게 남긴
저 산을 바라본다

이별

한 줄기 눈물이 흐릅니다
서러운 생각이 듭니다
헤어져야 할 이유가 없는데
애절함은 더한 것 같은데
왜 헤어져 남남이 되는
어두운 밤길을 거닐어야 합니까
사랑이 이별의 조건이란
어려운 이야길 알지 못합니다
못 잊겠단 말, 하고 싶지만
그 말이 더 서러움 될까봐
아무 말 하지 못합니다
다 못한 아쉬움
가슴 젖어드는 슬픔에
젊은 시간을 묻고
뒤돌아서는 이 마음엔
잡을 수 없는 눈물이 자꾸자꾸 흐릅니다
님이여 여인이여
부디 행복하소서

침묵 아닌 침묵

할 말은 많은데 말할 수 없었다
침묵 아닌 침묵을 지키고 있다
하고픈 말 무엇이기에
말하지 못함은 무엇인가
꺼져버린 한 조각 불빛처럼
잊힌 한순간 꿈처럼
침묵하지 않는다
말하지도 않는다
자기 속에 대화 아닌 대화를 하고 있는 거다
이건 진정 침묵 아닌 침묵이겠지
말 못하는 대화
어떤 사연 있기에
침묵 아닌 침묵을 지키고 있을까

개나리

네 모습에 봄이 왔음을 알았소
아지랑이는 벌써 하늘로 갔건만
심심하면 찾아오는 꽃샘추위 때문에
이제야 널 보고 알았소
나무엔 연록이 짙어지고
땅은 더워지면서
먼저 온 봄이 저기서 손짓하고 있소
나도 빨리 오라고
길었던 지난겨울
이제 오지 않으련만
걱정되는 맘은 웬일이요
노란빛 네 모습은 완연히 빛을 내고 있는데

먼 훗날

아름다운 향기 속에
타오르는 젊은 날의 추억
두 손 맞잡고
우리 놀던 빛바랜 그 오솔길
오늘도 한잔의 추억을 마시고
꺼져 가는 저녁놀을 멋 삼아 거닐어 본다
손길 와 닿는 곳마다
눈길 머무는 곳마다
알알이 맺힌 잊히지 않는 기억
심호흡 크게 쉬며
알뜰히 고이 접어
먼 훗날
나의 친구인 나의 동반자인 당신이
뒤돌아 묻거든
지금은 알 수 없는 야릇한 기쁨과
잊을 수 없는 꿈속에서 살았노라
말하리라

기다림

엷게 비치는 조명 아래
내 사랑하는 그를 기다린다
은은한 음악이
"에뜨랑제"*를 채우고
이따금씩 열리는 출입문에
시선 머문다
그는 지금쯤
내게로 향하고 있겠지
만나면 보고 싶었다는 말을 해야지
또 다른 시간이 흘러간다
기다림의 시간은 점점 길어지고
보고 싶은 마음은 자꾸만 커 가는데
그는 아직도…
사랑은 기다림 속에서 자란다는데
우리 사랑도 이렇게 성숙하는 걸까
사랑하는 마음으로
행복을 기원하는 마음으로
그를 기다리리

밝은 웃음으로
그를 맞으리

*에뜨랑제: 카페 이름

아픔

눈을 들어 먼 산을 본다
떠오르는 여명의 태양처럼
아름다운 추억에 되살아난
우리 사랑
난 목 놓아 외쳐 찾았고
당신은 침묵으로 때론 멸시로 일관했었지
시간이 흘러
남남이 되어버린 지금
먼발치에서 보는 너에 대한 그리움
사랑이 애절하고 고통스럽고 한스럽기도 하다
타인의 님이 되어버린 나
아름답게 도도하게 남아 있는 너
꺼져 가는 촛불처럼
잊히는 기억 속에 아직도 남아 있는
당신 향한 내 사랑을
넌 알 수 없으리
그것이 얼마나 큰 나의 고통인지를…….

내 사람아

우울함에 눈빛이 흐렸다
말없이 쳐다보면
미워지는 쓰라림은
사랑을 싫어했다
뉘 위해 살아 있어야 하고
왜 이 자리에 머물러야 하는가
복받치는 설움에
발길 멈추고
멀리 가버린 너의 작은 발걸음은
애잔한 숨결만 출렁인다
타는 가슴은
지울 수 없는 상처 심어놓고
들이켜는 한 잔 술은
젊은 한恨 새로 새겨
가슴 깊이 간직한다
입처럼 고왔던 사람아
그 정 땜에 할 말 없어진다
진주빛 알알이 맺힌 네 눈동자

나의 눈을 덮어

내 마음에 흐르는 뜨거움을

추위에 시달리는 당신 가슴 채워

꿈으로 가득 찬

저 무지개 깔린 길

손잡고 걷고 싶다

못다 배운 사랑

처음
사랑 연습할 땐
황홀한 기쁨으로 알았는데
사랑을 배워
사랑을 느끼면서
황홀만이 아니란 걸 알았습니다

광폭한 파도가 밀려오기도
난폭한 회오리가 불어오기도
뜨거운 태양이 찾아와
울며, 웃으며 불장난 친 그날이
나이가 낙으매
옛사랑
아름다운 추억으로 물들고
상처 된 낙엽으로 떨어져
잔바람에 방황합니다
처음
사랑 연습할 때

낙엽 될 줄 알았다면

사랑을 배우지 않았을 것을

옛사랑 I

알 수 없는 사무친 그리움 쏟아져
옛 생각 잠긴다
우수 깃든 슬픈 얼굴
마음 주고 정 주고 사랑 줬던
젊은 그 시절
아, 잊을 수 없는 사랑이구나
먼 시간 지난 지금
마음 설레며 올 것 같은 그 미소
지울 수 없는 얼굴
정든 사랑이구나

옛사랑 II

비를 맞으며 걸으니
저려오는 가슴 담배 찾는다
익숙지 않은 서투른 솜씨로 꼬나물고
고르지 않은 호흡
몇 번 들이키니
쓰디쓴 연기 입속에 스미고
울적한 발걸음 방황한다

울퉁불퉁 조그만 사잇길
사정없이 달리는 택시
빨간 파편 내 곁에 보내고
양옆에선 흰 장미, 붉은 장미
젖은 손 흔들며 날 반긴다
나도
한땐
그처럼 화려했고 수줍은 여인
끝없이 찾았는데…

비를 맞으며
매캐한 담배연기 날 찾고
담배 물으니
옛사랑 그립다

남도 들녘

풀냄새 꽃향기
싱그러운 남도 들녘
금빛 아롱진 보리밭
멋들어지게 서 있고

굽이 따라
맑고 투명한 시냇물
길게 늘어진 수양버들
멋들어지게 서 있고
이름 모를 새
그 속에 노닌다

소원

자식들 도회지 보내고
주름진 얼굴 새까맣게 그을려
넋 잃은 표정으로
갈래갈래 찢어진 문전옥답 부둥켜안고 눈물 흘린다
지은 죄 없거늘
하늘님 무엇이 노여워
강물 마르도록 큰 재앙 주는가
풍년 바라는 소박한 욕심도 죄는 죄이라
청수에 목욕재계하고 돼지 잡아
제물 바치고 하늘님께 비는
우리 어르신들
비를 구시는 하늘의 龍神이시여
순박하고 어지신 우리 어르신 소원 이루어주소서

이별

진한 담배연기
아쉬움 삼키며
그를 보낸다
남는 자의 설움 아는지 하늘에선 눈물 떨어지고
땅 위의 뿌연 안개 가슴 저민다

제3부
출가 그리고 구도

기원

빈 촛대에 불 피우고
금빛 향로에 향 피워놓고

지난 속세의 인연 끊고
대자대비하신 부처님 마음 닮는 것

아픈 사랑 이야기도
쓰라린 지난 시간의 이야기도
인자하신 미소의 부처님께 告하고
영욕에 눈물 흘린다

지난 내 삶이
부처님 앞에선 모두 허울뿐
더 이상 어떤 의미도 없다

사랑에 괴로웠던 순간도
이별의 쓰라렸던 아픔도

작별의 안타까움도
모두 전생의 나의 업보인 걸

밝게 타오르는 촛불에 내 마음 비추고
진한 향 내음에 혼을 담아
부처님 전 무릎 꿇고 엎드려
나의 기원은
대자대비하신 부처님 마음 닮는 것

산행

천근이나 되는 마음 안고
율동공원 영장산* 자락 오른다
땀 뻘뻘 흘리며 한 시간쯤 산행하니
정상이다
산을 정복했다는 포만감이 찾아온다
뭇사람 발길 따라 걸으니
집도 있고, 놀이터도 있고, 공터도 있다
허무함이 찾아든다
숨도 참고, 아픈 다리도 참고
앞만 보고 힘든 길 올랐는데
어린아이 놀이터라니
우리 인생도 이와 같겠지
어떤 이는 노력해서 그곳에 갔고
어떤 이는 부모 잘 만나 그곳에 있고
또 어떤 이는 왜 그곳에 있는지도 모르고 있겠지
우리네 삶의 목적이 정상이라면
얼마나 서글플까

그래도 다행인 건

걸어서 올라간 그 길, 그 시간이 내게 소중하다는 것

그래서 보람도 기쁨도 행복도 건강도

내 것이란 것이다

*율동공원 영장산: 성남시 분당에 있는 공원과 산 이름

봄비

어젠 안개
오늘은 비가 온다
겨우내
메말랐던 대지엔
뭇 생명 숨소리 거칠어지고
성질 급한 놈
벌써 땅 위에 모습 보인다

어제도
오늘도 번뇌 쌓여
삶에 지친 내 육신
어느 비에 젖어
새로운 희망 움틀까

고요한 새벽
봄비 소리 들으며
무릎 꿇고 법당 앉아

부처님께 기원은
탐·진·치 버리고
계·정·혜 닦아
길고 긴 여행 마치고
처음 그 자리에
되돌아가는 것

心

소리 없이 찾아온 만추晩秋
옛 도반道伴 떠올라
밤하늘 본다

그곳엔 별도 달도 변함없는데
전해오는 바람소리

아련한 그리움

그것도 허용되지 않는 현실 앞에
표현할 수 없는 나我

이것이 내 마음

방황

아픔으로 널 보내며
시린 가슴 안고
먼 하늘 본다
눈 감으면
가고 싶은 천상 있겠지
언젠가 갈 수밖에 없는 그곳
서둘러 가는 마음
뭘까
사랑, 명예, 돈, 체면…
시간 지나면
모두가
한순간 꿈인데
꿈이 꿈인지 모르는 우리
생과 사 방황하네

어머님

당신의 품을 부둥켜안고
어머님 감사합니다를
외치고 싶습니다
스쳐가는 당신의 숨결마다
따스한 사랑을 느꼈습니다
어제 불던 바람
당신 사랑 더 가슴 깊이
심어주었습니다
어머님 내일은 어버이날입니다
카네이션 달아드리고 싶습니다만
출가자이기에 뜻으로만 전해오니
부니 만수무강 하옵소서

환상

알 수 없는 고독이
촉촉이 젖어드는 밤
누군가 날 부르는
소리 들리네
멀리 떠난 그리운 여인의
숨결 소리인 듯
바람결에 달려오는 너의 몸짓인 듯
얼어붙은 내 창을 두드리네
기다리는 마음 있어
행복해지는
아름다운 밤이 있어
내 기도가 빛나는 밤
살포시 찾아오는 봄의 입김처럼
새움 돋는 젊음의 날개 위로
아득히 살아나는 너의 목소리

미소

해맑은 웃음으로
미소 띠었다
가슴에 맺힌
고독은
입속의 빙수처럼
달콤하게
가슴깊이 스며든다
고통의 그 시간
꿈속에서 본 옛 기억처럼
희미하게 맴돌고
네온사인 반짝이는
분수처럼
밝게 퍼지는 기쁨은
해맑은 미소 향해
달려간다

무언

숨조차 멎었다
할 수 있는 말
그것은 무언입니다

사랑하는
사랑하고픈
널 잊기 위해
머금는 아픔
섣달의 추위보다
유월의 더위보다
더 큰 상처입니다

네 모습이
바람처럼 왔다
이슬처럼 사라졌으면
이 시간
타인을 위해
새로운 기도 드렸을 텐데

널 향한

내 사랑은

이슬은 아니었나 봅니다

잊기 위해 눈 감으면

밝게 떠오르는

웃음 머금은 그 얼굴

아!

저려오는 가슴

울부짖는 그리움

불타는 사랑

숨조차 밎있나

할 수 있는 말

그것은 그냥 무언입니다

미로

걸어온 길
되돌아보면
생로병, 희로애락
얻은 건 탐·진·치
잃은 건 내 모습
참자유 찾아
다시 걷지만
보이지 않는 손에 잡혀
오늘도 헤맨다

행복

아리따운 그대들
고운 꿈 행복
청실홍실 엮어
백년가약 약속했다네
둘이 만나 하나 되어
검은 머리 파뿌리 되길 기원하는 날
오늘은 마냥 어릴 것만 같던 그대들이
○○ 군은 지아비 되고
○○ 양은 지어미 되어
어른이 되었다네
울려 퍼지는 결혼 행진곡처럼
찬란한 행복이 펼쳐지실 기원하며
이 아름다운 날 축복을 고이 접어
그대 앞에 바칩니다
부디 행복하소서

無常

조용히 앉아 슬픔을 머금은
그대 눈동자에
촉촉이 모여드는 이슬은
지난 젊음이
한 조각 구름처럼 보이면서
쓰라림을 잉태한다
테스같이 청조한 아름다운 그 아미
미소 흐르지만
공허함으로 가득하고
감추려, 감추려 뿌리는 엷은 웃음은
안타까움 수 놓는다
떠나버린 젊음
빛바랜 이상
떠나면 떠난 채로
아쉬우면 아쉬운 채로
그냥 그렇게 살자꾸나
초여름 장미 같은 정열
하얀 손 흔들며 임 찾아갔으면

국화의 완숙함으로 살라
삶 그 모두가
생로병사의 길목인 걸
어디서 멈추었다 한들
그 눈으로 말할 수 있겠는가
모두가 아쉬움, 허전함뿐인 걸

떠나버린 젊음

기다리다
기다리다 지친 몸으로
청춘의 끝에 서서 젊음을 돌이켜본다
즐거웠고 아팠고 쓰라렸던 추억들
달리는 버스의 차창 밖처럼
물 위의 수채화 물감처럼
망막 속에 사라져 버린다
어딘가에
엷은 흔적을 찾아
시린 손으로 기억 매만져 보지만
시체처럼 냉기만 내뿜는다
가고
가보고 싶지만
돌아오지 않는 젊음
흘러간 그 시절
모두가 사라진 가슴에
추억의 메아리만 희미하게 보인다

하루살이

땅거미 기어오는 설익은 밤
쑥대 쌓아 불 피우고 맷방석에 둘러앉아
할배, 할매 모기 스쳐간 추억담에
배꼽 잡으며 자지러진다

밤 깊어 중천 뜬 달빛 고와
은하수 더 빛나고 그 밑에 서성이는
아빠 엄마 모기 모두 행복 겨워 보여라

아스라이 타버린 쑥대
이따금씩 한 모금 연기 뿜고
어느새 찾아온 늙은 하루살이
흐느낌 속에 몇 바퀴 윙윙 돌더니 그 속에 들어가
生 마친다

萬物의 生死가
정해진 운명의 놀음일진대 늙은 하루살이여

작은 시간에 먼저 감을 슬퍼마라
내일이면 나도 그대 곁에 누워 있으리니

삶

천 갈래 만 갈래 그리움
아름다움 되어
하나하나 그대에게 전하오니
愛情 심고 幸福 심어
삶의 얼굴 활짝 피어라
人生이란
더없는 구름이요 자욱한 안개 같은 것
탐貪 진瞋 치癡 어느 것에 집착하랴
빈손으로 왔다 빈손으로 가는 그 길
情 나누고
마음 나누고
物 나누이
善 듬뿍 쌓아
먼 훗날 가시는 그 길 극락에 들거라

入門

맨 처음 부처님 보고 중 될라 했지
그리고 스님 보고 중 되려 했지
다시 부처님 말씀 읽고, 보고, 듣고 중 될라 했지
이젠 모든 형상과 집착 찾아 내 마음 버리려
부처 될라 중 됐지

念願

알 수 없는 산새소리
새벽마다 날 반기고
날마다 수도의 의미 새롭게 한다
많은 세월 정진하면
내 본래 모습 찾을까
그땐 새벽마다 울어주던
산새소리 알 수 있을까
俗世의 모든 인연 끊고
道에 나섰으면
몸 바쳐
용맹 정진해 그 원願 이루리라

요술쟁이 부처님

덜 깬 몸 이끌고
법당에 들어서면
근엄한 부처님 옷깃 새롭게 한다
절 할 적마다 뵙는 부처님
어느 순간엔 인자하게
어느 순간엔 노여움 가득
또 어느 순간엔 염려와 걱정이
또 다른 어느 순간엔 다정다감한
모습으로 내게 오신다

우리는

千年의 因緣
아름다운 沙門
現生에 만나니
그것은 우리의 幸福

긴긴날 알 수 없음이 허전함 되어
늘 가슴 한쪽 비웠는데
여명의 햇살처럼 내 가슴 채워
이제는 포만감으로 幸福에 젖네

길고 긴 새로운 기다림
너 할 수 없는 나의 因緣
이젠 그대 속에 내가 되어
내 속에 그대 되어
아름다운 沙門에 길 함께…….

三千浦

오랜 그리움
걸망 하나에 몸 싣고
찾아간 三千浦
정겨운 모습
왠지 고향 같다

그곳에 道伴도
동백꽃도
동박 소리도 있고
푸르른 하늘
높은 산
청룡사도 있다

대웅전

신선한 가을바람 타고
한 사람 한 사람 찾아온 송광사
한 치 앞을 보지 못하는 눈으로
과거, 현재, 미래 삼세 부처님 전에 귀의한다.
과거 부처님께는 업장소멸을
현재 부처님께는 소원성취를
미래 부처님께는 성불을 기원한다.
거룩하신 부처님 엷은 미소로 대답한다.
지금 나와의 이 인연이 성불이라고

봄春

긴 기다림에
춥고도 추운 겨울 지나
새 생명 기운 도는
봄날 왔습니다

땅에도 봄은 왔고
여인네 옷차림 속 봄도 왔고
불어오는 바람에도 봄은 왔습니다만

아직도
가슴 깊은 곳에
시린 겨울 남아

전생업이
새 발걸음 힘차게 걷지 못하고
이곳저곳
방황케 합니다.

밝은 눈으로 보이는 길

그대로 걸으면

그곳에 꽃도, 행복도, 희망도 있는

그대로 봄인데…….

이제는

이제
그만 방황하겠습니다
강렬했던 폭염처럼
당신을 향한 끝없는 그리움에
터질 듯한 고통을 안고
봄을 기다리는 제비꽃처럼
기나긴 겨울 지냈건만
내게는 결코 꽃이 피지 않았습니다
잊혀지는 추위 속에
약하디 약하게 한 순 한 순 돋았지만
당신의 눈동자에 이내 떨어지고
더욱 공허한 몸이 되어
찬바람에 앙상하게 남습니다
앙상한 몸을
스치지 않고 지나치는
당신의 즐거운 휘파람에
타인보다 먼 남이 되어
내 곁을 떠나가고

목마른 대지 위에 떨어지는
봄비
내 마음에 남아 있는
당신의 그리움 씻고
남쪽에서 오는 따스함에
새 돛을 단 조각배처럼
새로운 나래 펴 봅니다
숨 막혔던
지난날
내게 사랑을 심어줬던
당신의 행복을 빌며
이제는
그만 방황하겠습니다.

그리움

어둠은
무언으로 드리운
망막처럼 차분한 빛깔
나 아닌 너와
너 아닌 나만의
마음
오직
나의 기원은
멀리 아주 멀리
너를 닮는 것
고향 냄새처럼
홀로 있는 밤에도
숨 막히도록 사무친 날에도

달

내가 가면 따라오고
내가 멈추면 너도 멈추네
하얀 달이 대추나무 위에 걸려
난 달 잡으러 나무 위로 올라갔네
달은 뒷걸음쳐 달아나고
나 혼자만 대추나무 위에서
하얀 달을 쳐다보고 있네

제4부
마음소리

멋대로

냉이가 물었다

꽃과 잡초 구분이 뭐요

꽃은 꽃

잡초는 잡초

냉이 왈

놔두면 꽃

뽑히면 잡초

그것 참

멋대로이네

다년생

소리없이 올라온 꽃대
살포시 핀다
아름다움
작년 그대로인데
자리가 다르다
이것도 윤회輪回인가
내 이름 다년생

할말없다

도량에
돋아난 새싹
내눈엔
잡초로 보여
뽑았다
새싹 하는 말
나도 생명인데
살생하지마소
할말없다

무지無知

생각 덜고
나 찾으러
앉았으나
찾아오는 건
망상뿐
"참나"
어디매 있을까

연등

한잎 한잎
정성으로 만든
연등
그 속엔
소원所願도
소구所求도
소망所望도
있고
공덕功德도 있다

我(나)

獸脫生世(수탈생세)
佛緣知法(불연지법)
心修身慈(심수신자)
處處極樂(처처극락)

나

짐승 몸 벗고 이 땅에 태어나
출가 인연으로 부처님 가르침 알고
마음 닦고 몸은 자비 실천하니
머무는 곳마다 행복한 삶이로다

백합

처음
씨앗으로 잠깐 만나
장안사 도량에 묻혀
연약한 한 송이 꽃이 되더니
시간 지나매
달콤한 향기
한 아름의 꽃되어
행복준다

좋은 인연
이런 것

친구

그가
간밤에 다녀갔다
단발머리
검정교복
들고 있는 가방
옛 그대로 인데
엷은 미소
말 없는 말 전하고
아련한 꿈으로
내 기억에 남는다

이정표

이른 아침
칠흑 같은 안개
땀 뻘뻘 흘리며
마곡사 찾지만
자동차 걸음
소 같다
얼마 갔을까
"마곡사" 이정표*
미로 속에 찾은
선지식
아! 행복하다

*온양온천에서 → 마곡사 가는 길

시작

덜 깨인 눈 비비며
법당에 앉으니
청량한 종소리
낭랑한 염불소리
새날 시작 알린다
오늘은
어떤 삶

감4

추운 겨울
얼어 죽었던 감나무
새순 나더니
이태가 지났나
감이 열었다
하나. 둘. 셋. 넷
살아있으매
감4

손님

어디서 사는지
통 알길 없는 두꺼비
비가 많이 오면 온다
일년 두서너 번
가뭄엔
그래도
기다려지는
손님이다

튤립

깊은 땅속
치열한 삶
혹한 겪고
한잎 한잎 나더니
꽃대 올라
처녀애 속 가슴 같은
달콤함 준다

삭발

길지 않은 머리카락
바리깡으로 민다
처음 출가했을 땐
도반이 정성껏 면도날로
삭발해주었는데
시대가 좋아 일회용 면도기
출생한 후
나 혼자 깎는다
옛 속담에 "중이 제 머리 못 깎는다" 했는데
이젠 아니야
내 머리
내가 깎아

딴 생각

일상이 되어버린

새벽 예불

잡념없이 부처님 생각만 가득 차야 하는데

문득 옛 친구 '은철'이가

들어온다

독송하던 발원문 입에 꼬이고

아차! 순간

몸에 열이 난다

딴 생각한

참회

꼼짝이는 부처님 제자인데

마음은 아직 멀었나

해太陽

향일암 바다 위
여명 비추더니
해가 솟아오른다
그 이름
"해돋이"
떠오른 해
초목에 영양소 주고
가정엔 전기
우주엔 빛을 주더니
심지어 내옷까지 말려준다
이렇게 바쁜 하루 보내고
강화 보문사 앞바다
황금물결 만들고
수평선 너머로
사라진다
이름하여
"해넘이"
사실, 해太陽는

뜬 적도

진 적도 없이

그 자리인데

윤회

어머님 몸을 빌려
세상에 옴을
"탄생"이라 하고
배우고
일하고
자식 낳고
바쁘게 살다가
숨쉬지 않으면
"죽음"이라 한다.
실은
소소영롱한 마음자리
탄생도
죽음도 없고
다만
입덩어리 육신만 오갈 뿐…….

해설

성화당의 사사무애事事無礙

탄탄(문학박사, 용인대 객원교수)

불가의 가르침은 "일체유심조一切唯心造"라고 할 수 있으니, 대승불교 경전인 『화엄경』에 나오는 진리眞理의 가르침을 의미한다.

그 외 사물 전반 또는 사건을 얘기할 때 일체유심조란 내가 내 나름대로 현상 세계를 보고 판단하는 것으로 '주관적으로 세상을 본다'는 뜻이다.

내가 가면 따라오고
내가 멈추면 너도 멈추네
하얀 달이 대추나무 위에 걸려
난 달 잡으러 나무 위로 올라갔네
달은 뒷걸음쳐 달아나고
나 혼자만 대추나무 위에서
하얀 달을 쳐다보고 있네

내가 무엇을 정하거나 선택하는 것은 자기의 주관

이 정하는 것이며 특히 시인의 길은 객관의 세계보다 주관의 세계에서 노닐다 보니, 무수한 시행착오도 있으며 번민으로 얼룩진 고뇌의 밤을 맞이하기도 한다.

성화당性華堂의 달은 그가 주관적으로 바라본 세상이 오롯하게 담겨 있음이며 그가 바라보았던 달이 그러한 세계관을 대변한다고도 하겠다.

객관 현상 세계는 하나이지만, 그 세상을 보는 사람마다 다르기에 '일체유심조'라고 하는 것이다.

이는 서양 철학의 주관적 관념론과 유사한 것이며, 연기의 이법에 따라 사물과 상호간에 영향을 주고받으면서 수시로 변화하는 가운데 있으므로, 무엇이라고 딱 정해진 것이 없으며, 불교에서는 이를 무유정법無有定法이라고도 한다.

성화당의 처녀시집『오랑캐꽃』의 제목인 그 오랑캐꽃을 다시금 음미해보면 그 이치에 어느 정도 부응함을 엿볼 수 있다.

연보랏빛 오랑캐꽃
한겨울 굽힘없이
인내와 용기로
모진 눈보라 이겨

봄,

아름다운 연보랏빛

오랑캐꽃 피우네

이 세상이 본래 정해진 것이 어디에 있겠는가. 그러나 시인의 길만은 오로지 자기의 주관적主觀的 판단判斷에 의해 결정되는 것이듯 성화 시인의 운명은 이미 정하여진 듯하다.

어쩌면 인간 성화의 운명은 법조인의 길보다, 또는 공직자의 길보다도, 본래 먼 숙세부터 수행하던 사문의 길이었으니, 그 전초의 조짐으로 그의 젊은 날은 세찬 비바람을 맞으며 고뇌와 번민으로 얼룩졌고, 그의 청춘은 군사정권에 의해 전방의 군부대에 저당 잡힌 혹독한 세월이었다.

그 험악하고 척박했던 세월이 성화당이 시를 쓰지 않고는 견딜 수 없게 하였으며, 그의 시는 가슴에 맺힌 응어리를 덜어내게 하고, 사랑도 이별도 애증도 그 형언할 수 없는 처절한 고통이, 그 시린 아픔들이 시가 되었으며, 꺾인 청춘의 고백은 고향집 어딘가에 던져져 잊힌 듯 먼지에 묻혀 있다가 어느 날 우연인 듯 필연인 듯 한 권의 시집으로 묶여져 세상에 빛을 보게 된 것이리라.

시가 시일 수 있는 이유는 진솔함이며 진정성이라고 본다.

불교의 수행자이기 전에 인간 성화당은 그저 사람이 좋아서 적보다는 동지가 많은 이이기도 하다. 더구나 필자도 존경해 마지않는 통도사 주지를 역임하신 큰 스님께서 아끼는 애제자이고, 늘 주변에 금맥보다도 더 값진 인맥이 포진하여 있으니 이를 잘 입증하는 것이다.

그의 칼럼이며 글발은 온유한 듯하지만, 한편 매섭기도 하여 그가 살아가는 길은 이 졸고를 쓰고 있는 필자처럼 울퉁불퉁 가시밭길, 험난한 비포장도로가 아니어서 참으로 다행이라고 본다.

다시 말해 성화당은 지난날 늘 고뇌하고 번민하였으며 세상의 덧없음을 직시하여 수행자의 길을 걷지만 그가 현재 걷는 삶은 탄탄대로이며, 어디에도 걸림 없는 사사무애적事事無礙的 대승의 행보가 분명하다.

시인은 세상의 모든 언어를 아름다운 말로 창작하는 사람들이다.

이 세상의 모든 언어뿐 아니라, 사전에 나오는 일체의 언어, 모든 이들의 말조차 아름다운 언어로 만드는 사람이 시인이라면 이때의 모든 언어는 곧 '화엄세계華嚴世界'이다.

우주법계의 장엄한 모습을 언어의 꽃으로 피우는 '두두물물頭頭物物'의 '꽃다움'을 발견하여 노래하는 기쁨을 향유하고 궁극적으로 진리의 꽃들로 장엄된 세계임을 알리어 살 만한 공간임을 찬탄하는 시인의 길을 성화당은 그저 묵묵히 걷고 있는 것이다.

어언간 필자가 서초동 구룡사 후원에서 신참이었지만, 구참인 듯한 성화당을 처음 마주하였던 해가 약관이었던 25년의 세월도 훌쩍 지난 무상의 시간이었으니, 그때의 첫인상이 참으로 아직 선연하다.

수려하지는 않지만 진솔하고 소탈한 이미지였던 기억이 지금도 또렷하다.

이후 안암동 중앙승가대에서 불교와 사회복지학을 전공한 성화당은 복지관 관장으로 또는 도심 포교당 주지로 여러 해를 부처님 가르침 포교와 종단의 여러 소임을 여의하였으며, 근자에는 종종 섬세한 필치로 날카롭게 현실의 안타까운 문제를 교계 신문 지상에 펼치고 있다. 종단을 걱정스러워하고 중앙 종회 의원으로 종단의 입법에 관여하였으며, 초심 호계위원으로 종단 사법 행정에 참여하기도 한다.

세속으로 말하면 국회의원, 판사 다 해먹은 셈이니, 성화당을 공부만 한 이판이라고도 볼 수 없고, 그렇다고 종단의 행정에만 치우친 사판도 아니니 성화당은

'이판사판理判事判' 화엄적 행보에 자유자재하고 보폭이 남다르며 어느 곳에도 걸림 없는 '사사무애事事無礙'를 실천하는 수행인이 분명하다.

이제 세납도 어지간히 환갑을 바라보는 성화당은 전문적으로 시에만 빠져 살아온 이가 아니기에 그의 시는 투박하여 질박한 '조선사발' 같은 미의식을 담고 있지만, 승려 시인의 한계인 글의 세련미는 비록 거리가 멀다고 할지라도, 비단 실크처럼 포근하며 부드러움을 승려 시인 성화당의 절절한 시어에서 엿볼 수가 있는 것이다.

필자 또한 전문 문인이 아니어서 시를 전체적으로 분석할 재주는 미약하지만, 성화당의 시는 형식에 치우친 정형화된 시도 아니고 율격에 집착하지도 않으며, 오직 예전 고향 마을에서 질화로의 식은 잿불에 고구마를 묻어 주던 앞니도 없으신 외할머니가 들려주시던 옛이야기처럼 구수하기만 하다.

비록 이 시대에 난무하는 현대시처럼 모던함은 부족할지라도, 그의 차분한 시는 피로감이 없는 평상의 언어로 산문적 형식의 시에 충실을 기하여 피곤도 덜어줄 뿐 아니라 정감이 어리어 있다.

승려의 시에 어떠한 평론가의 잣대로 논평하고 재

단한다는 것은 대단히 외람된 행위라는 입장을 견지하고 있는 필자의 개인적 소견으로는, 성화당의 시는 난해하지도 않으며 쉽게 다가올 뿐 아니라 억지로 높은 경계를 주절대지 않아, 우리네 일상 언어를 시어로 선택하여 읽는 순간과 동시에 이해가 되며 문체 또한 번잡하지 않으니 읽으면 읽을수록 그 느낌이 새록새록 하기만 하다.

성화당이 일생 동안 써온 시의 분량은 매우 적지만, 시를 완성하는 과정은 고뇌와 고통이 있었을지언정, 그가 선택한 언어는 단박미와 간결함이 꼭 노승이 어린 사미에게 일러주며 깨우침을 주듯 자상스러움이 곱게 배어 있다고 다시금 추켜세워 강조해 본다.

그의 시는 함축성을 충실하게 지켜야 한다는 확고한 신념을 지니지는 않지만, 군더더기 없는 그 순수한 언어는 그의 꾸밈없는 인간 본성을 나타낸 것이며 단순 담박한 여백의 미학이며, 고도의 간결미, 정제된 시어를 선택하였으니, 아~ 우리 성화당의 시들은 음미하면 음미할수록 마주보면 마주볼수록 한 음절, 한 구절이 오랜 나무 무늬의 옹이처럼 친숙하게 서정적 진실을 일깨워 준다.

성화당의 시는 여고생처럼 예민함이며, 천성적으로 타고난 감수성이 있고 일상의 사물을 바라보는 예리

한 통찰력이 있다.

온갖 사물이 제 아무리 아름다워도 대상을 직시하는, 바라보는, 시각의 차이는 엄연히 존재한다.

그저 무덤덤하게 보는 이에게는 시상이 떠오를 수 없다. 주변의 사물에 숨겨진 의미를 찾아 시어로 승화하는 시 창작이 고뇌와 지성적인 노력이 없다면 시 한 줄 시 한 편을 창작한다는 것은 요원할 뿐이다.

성화당의 주옥같은 시가 이루어지는 배경은 대충 이러할 것이다.

빽빽한 산문시도 반말과 경어가 뒤섞여 혼란을 유도하며 읽는 이를 피곤하게 하는 현대의 시가 아닌, 연극의 어느 대사처럼 짧고도 간략한 서사적이기도 한 산문시의 세계는 촌철살인寸鐵殺人하는 위트와 세상을 조롱하는 비판은 결여되어 있을지언정, 꾸밈없이 진솔하여 언어의 유희를 용납하지 않는 듯하다.

이러한 성화당은 유안진 시인을 흠모하였던 한때가 있었다.

저녁을 먹고 나면 허물없이 찾아가 차 한 잔을 마시고 싶다고 말할 수 있는 친구가 있었으면 좋겠다.
입은 옷을 갈아입지 않고
김치 냄새가 좀 나더라도 흉보지 않을 친구가

우리 집 가까이에
살았으면 좋겠다.

(중략)

그러다가
어느 날이 홀연히 오더라도
축복처럼,
웨딩드레스처럼,
수의를 입게 되리라,

같은 날
또는 다른 날이라도…

세월이 흐르거든
묻힌 자리에서
더 고운 품종의 지란이 돋아 피어,
맑고 높은 향기로 다시 만나지리라.
- 유안진, 『지란지교를 꿈꾸며』中 -

　유안진의 시에서 만나질 수 있는 사람처럼 성화당
은 그런 인물이다. 어느 누구의 허물도 들추지 않고 보
듬어주는 누구의 단점이라도 덮어주려고 하는 늘 눈

푸른 납자는 아닐지라도… 맹물 같은 위인이 우리 성화당이다.

당뇨에 고혈압, 고지혈 달고 살며 백내장 수술까지 하고 빌빌거리며 동가식서가숙하며 사는 부족한 도반에게도 정기적으로 아낌없이 약 값도 안겨 주는 정 많은 수행자이고, 욕심이라고는 도량을 가꾸고 복지관의 노인들 챙기며, 종단의 미래를 짊어진 어린 불자들의 요람인 불교유치원·어린이집 운영에, 종단 걱정뿐인 사판이면서 이판이기도 하고, 어쩌면 이판도 사판도 아닌, 구별조차 애매모호한 수도 서울 한복판의 수도승修道僧이 우리 성화 스님이다.

이미 종단에 혁혁한 발자국을 남기며 중진으로 자리매김한 성화당의 시집 발문에 감히 빈약한 재주로 글을 내놓는다는 것이 부끄러워 여러 번 사양하였지만, 성화당의 회유와 애정 어린 협박에 굴복하여 일천한 글로 말빛을 더한다. 부끄럽지만, 나 아니면 또 어느 누가 이런 파격적 언사를 감행할 것인가?

사월 초파일을 몇 날 앞두고
운제산 초당에서 탄탄 두 손 모으다

성화 스님

• 경기도 평택 출생
• 대한불교조계종 통도사에서 정우 화상을 은사로 득도
• 중앙승가대학교와 동국대학교 불교대학원 졸업
• 대한불교조계종 중앙종회의원 역임
• 한솔종합사회복지관, 일산노인종합복지관, 관악구장애인
  종합복지관 관장 역임
• 대통령 표창 수상(2015년)
• 윤동주 문학상 신인상 수상(2018년)
• 현재 고양시덕양행신종합사회복지관 관장
         장안사 주지
         대한불교조계종 초심 호계위원

오랑캐꽃

초판 1쇄 인쇄 2019년 5월 2일 | 초판 1쇄 발행 2019년 5월 10일
지은이 성화 스님 | 펴낸이 김시열
펴낸곳 도서출판 운주사

         (02832) 서울시 성북구 동소문로 67-1 성심빌딩 3층

         전화 (02) 926-8361 | 팩스 0505-115-8361

ISBN 978-89-5746-547-9 03810   값 10,000원

http://cafe.daum.net/unjubooks 〈다음카페: 도서출판 운주사〉